# Sad Song

窪田政男歌集

皓星社

# 目次

表紙撮影：著者

# Sad Song

野の花は時間《とき》に移ろい身を了う、　ぼくは夕暮れを喪くしている

# I

## 濡れた朝刊

### 一

オーロラを一度は見んと死の淵へ降りてゆきたる花冷えの夜

死地へ行く少女もいたりこれからは命ののちを何と呼ぶべき

国境の丘に咲く花ひとり死にふたりが死んで名前が残り

花の名はアンビヴァレンツ朝に発つ兵士はすでにヘルメットを脱ぎ

たわわなる死を実らせてわが胸の喫水線は深まりゆけり

赴くとはみずから暮れる陽のように再戦かたるボクサーのように

船がゆく飛行機がゆくぼくの眼を水平に過ぎる不帰の人たち

夕照にきらびやかなる航跡のすれ違いゆきやがて終焉

怒りもて振り上げしのちふと気づく拳の中に何もなきこと

忘れたきことしかなきか痛みとは引き合う力の隠喩としても

厚顔でそ知らぬふりの翌朝の振り上げし手に痛みなきこと

斥力の船にいるらし哀惜の岸離れゆくわれら同胞《はらから》

春の夜はいずこへ向かうぞわぞわと膨らみはじめるメートル原器

二

面倒なことは嫌いさお前らに後腐れない番号を振る

「お前ら」と名前を奪うぼくがいて鈍色四十八茶百鼠

たれひとり漏れることなく点呼されやがてひと山の匿名となる

名も知らぬ人びとの死を展きつつボルタンスキーは記憶を祀る

蓬髪をなでつけながら「ダイジョウブ」鏡よ鏡かさねる嘘よ

弱ってる金魚を狙え夏の夜に浴衣の袖は水にしたたり

連綿と死は続きたりずっしりと遺骸のような濡れた朝刊

訃報覧切り抜き終えて無縁ゆえ墓碑銘つくる雨の日曜

奪われし名前も服も列島の除染土のごと山積みのまま

手はどこで

一

戦火のなか雪のにおいがやってくるそしていつもの春にはならず

「あの人はここで撃たれた」自転車の残されたまま春の雪ふる

ベビーカー死んだ子どもの数だけを並べ涙は火薬の匂いす

ひまわりの種を手渡しわが国の肥やしになれと老婆は告げる

愛国を超えてゆきたしその愛の抱えていたる青空と小麦

また会おう　見わたすかぎり向日葵は咲き蒼天に雲ひとつなく

焼け落ちた住宅群をそこに見る府営団地を過ぎ酢を買いに

ぼくの手はニュースを消してマグカップを口へと運ぶ　申し訳なく

じゅぬせぱとシャンソンを聴きつつ眠る、人の死とはしばしさよなら

侵略は明日のわが身か　銃口をどちらへ向けるぼくの恐怖よ

徴兵のあまねくあれば老いぼれのレジスタンスか愛だけ問えば

この春はモクレンおそくミサイルのくりかえしまたくりかえし落つ

二

背後に銃わが手にも銃、目の前には買い物へ出かける市民たち

命じられ撃つかもしれぬ、撃つだろう弱き者ほど弱き者撃つ

圧倒的優位であれば虐殺も略奪もしてしまうかもしれず

ぼくもするかも、ブチャのニュースはひしひしとその強迫を伝えたのだった

そうなんだ、日本にいれば安全ということはなく同じ地平に

同じ地平、ぼくも残虐に快楽をおぼえる者ということである

ぼくだけが映画のなかの良識の兵士でいるとても思えず
きみのためときどき花を摘むだろう銃の向こうの名前も知らず
決意よりぼくの弱さに頼りたい何もできないことを祈ってる

放りだし背中を向けて「わーわーっ」と逃げ出せるのかぼくの弱さよ

訓練されてしまうだろうかそれよりもファナティックな陶酔だろうか

「絶対」と言えないぼくの倫理的ちいさな震えと大きな欠落

銃後の後、母は笑顔の人となり竹槍を使わぬ人生を

母もまた紀元二千六百年の提灯行列に出たという

天と地のひっくり返る日常を粛々と、これ可逆性なり

日常と地続きにある戦争に丸ごと攫われ人殺しのぼく

兵士かアナキストか二者択一を迫られて買う合い挽きミンチ

自死だろう潔癖を示したいならば　すでに汚れた手はどこで拭く

# アンネの薔薇

もし、神さまが私を長生きさせてくださるのなら、
私は世界と人類のために働きたいのです
——アンネ・フランク

一

移ろえるアンネの薔薇の棘はなぜ鋭くなりぬ　忘れぬために

防御創　空裂くために生まれこし花ではあらず冬薔薇の赤

人のため働きし人多くまた虐殺したる人も多々あり

恋人は「おなじ空の――」とメール打つそうさ骸も灰も空の下

声に出しベルゲン・ベルゼン眼を瞑りベルゲン・ベルゼン安らかであれ

マンションの裏山に一匹の狐が生きている

やせ細る狐は今日も雨のなかいつもより早く梅雨に入《い》りたり

オラドゥール・シュル・グラヌにも降るだろうストリートビューはいつも晴れだが

『夜と霧』

やせ細った人々もまた雨匂う小屋に臥せおり縦縞の服

できるなら瓶の破片で髭を剃れここでは人を見た目で処分す

顔をあげ真っ直ぐ立つのだ草臥れた奴から順に消えてゆくから

真っ直ぐな鉄路にひとつ分岐器があり生と死は貨車に積まれて

ビルケナウ

モノクロの無音映画に延びている鉄路の先は雪に消えゆき

鉄路では島国を出ることもなし総玉砕のこちらも狂気

一枚の写真

そこには煙突があり右腕が左の腕をくべていたのだ

洞のようその目は何も見ておらず訴えてもいず　そこに立っていた

虚ろなる目をした男の背後にはぼくが立っていてこちらを見てる

真夜中に摑みに来るの扉から扉を抜けてやっぱり夜が

ガス灯をともして回る夢を見るよもつひらさかいついつであう

凡庸

ヒトラーと写真撮りたき紅顔の少年とぼく分かつものなく

総統に上気する顔手渡した籠のなかにはパンと恋文

粛々と勤勉なほどよく殺す髪うすきアイヒマンの弁舌

開きたる動画のなかに公然と絞首刑さるナチス党員

その人は吊るされていた「労働は自由への道」の戯言の下
丸刈りにされしナチスの愛人もかつてはカフェでワインを飲みき
そうなんだたれも否定はできゃしないそれはぼくにもありえた光景

飾りなき窓辺に夜が正坐せりまんじりともせずそこにおりたり

二

依存症のころ

こう呼ぼう「ホモ・パティエンス」依存症にも意味があると精神科医は

死なぬほどの底であればそれでよし昨日の酔いも残っているし

自己責任、嘘から明けるおはようも朝から流し込む冷酒も

手のひらがかすむほどに酒あおりきみから取れぬあやとりの川

冬の朝、体は凍え手が震えパジャマで待ちし自販機の五時

何もかもなかったことにはならないとシャッター通りにひびく跫音

ざっくりと夕べに裂けし手のひらの運命線ですすぎおる顔

夜ふかく最終電車を見送りて枕木のごとぼくも眠たき

主治医に「正気とは何か?」と問う

正気とは火事になったら逃げること難しくないと医者は言いにき

バリケード、エチカ、晩秋と読みやれば酒何ならんかつて心よ

魂の値踏みはせぬぞ泥のごと酔うて憐れの朱夏は過ぎしが

インナーマッスル

ようようになしおえしことはらはらとさくらのごとくよごれゆきたり

傷みたるトマトを除ける指先であなたに送る二度目のメール

人は選る人は選られる無遠慮に善かれと思い干物のように

蛇口から水の漏れゆく初夏《はつなつ》にだらりとぼくは梅雨に入りぬ

許されぬ思い上がりが鍛えたる悲しみのありインナーマッスル

落陽と自撮り自殺の名所なの釦をいつも掛けまちがえて

回しても雨は降りおり地球儀の赤く汚れたほそながき染み

隧道の向こうから来しずぶ濡れの犬のそのまま彼方《あちら》へ行きぬ

叱責の夕べの言葉ざっくりと半解凍の肉切るごとく

井戸浚い夕べに来たり「ようがす」とひょいと下りゆき行方の知れず

しあわせの写真の褪せてやわらかきひかり纏うを黄昏と呼び

寄る辺なきぼくのしじまに降り積もる問いを数えて眠りにつきぬ

# II

# Sad Song

一月の The Sounds of Silence 羊水に浮かぶ記憶は沈黙に満ち
こんなにも喉が渇いているというのにぼくはまた水をこぼして

手の椀で受けてもついにあふれゆく水のささやき内耳にのこる

まだ暗いリビングに落ちる溜め息が他人《ひと》ごとのような朝のはじまり

顔を洗い鏡の前でさよならの練習をする　邪魔くさいぼく

二月の Wish You Were Here 糸電話の言葉は震えそして凍てつく

エリュアールあなたが自由と書き記し　冬の木立はみずから戦ぐ

悪いけど付きあえないの怒りにはたとえあなたに正義があっても

ああそうだどの仕草にも意味があり振り向きざまの指のピストル

「あなたにここにいてほしい」寞《さび》しさだけを手掛かりとして

三月の La Mer 教えてよ波にさらわれ眠る人の名を

ぼくたちは名を持たぬ者ではあらず幾々たびも呼ばれねばならず

躓きの石を埋めよ　わがくにの津々浦々から征きし人らの

立ち止まる歴史は要らぬ取り急ぎここからここはシュレッダーにかけ

ふり返る海さえ要らぬ幾万のフレコンバッグは壁のごと立つ

四月のFor All We Know両の手を伸ばすと知恵は　体をあずける

みいちゃんも歩きはじめてこの春の表《おんも》はたれも通らぬ通り

テレビから不要不急の死の届き夕べに置かれるピッツァの出前

マイウェイ歌っていたよねＯＤでさっさと逝っちまったシド・ビシャスさえ

ぼくたちが知っているすべてのために知りえぬことのすべてのために

五月の Those Were the Days あのころは光りに満ちて凱歌のひびき

きみがいた光りの中にぼくもいる剝がれかけてる瘡蓋みたいに

そうぼくも踊っていたね悲しき天使が流れた夜の居酒屋《タバーン》で

笑い声は遠いところから、ああ、あれは確かにあった日々のほころび

幾重にも人の世はありここにいるぼくはあなたの仇《あだ》かもしれず

六月の Undercurrent 死者たちも名を呼ばれまた息継ぎをする

春はゆき海の面《おもて》に雨が降りやがて潮流　たどり着くまで

死者たちが沈んで来そうな六月の雲見上げおりあの海は遠い

海流が戻ってくるの胸元の危険水位を騒がせながら

捜索終了　それでもぼくは頑なで人差し指が芽吹くのを待つ

七月の Over the Rainbow 消えてゆくものだけが歌になるのよ

つばめ飛ぶ空ひくくしていくつもの螺旋の中に子どもらはいる

大空へ帰ってゆくのかネグレクトされし子どもら雛鳥ならば

そうみんな子どもだったから傷負えばそのまま返す　子どものままで

それはとてもささいなようでとりかえしつかない地へと運ばれてゆく

八月の Epitaph までを歩きおりわが身を護る水飲みながら

蟬声の突然に止み八月のラジオのノイズいまも続けり

愛国は哀しからずやいつの日も国つきまとい愛にはなれず

ベタ記事の命ちいさく報じられ灯油をかぶって火を放ちし人

先だってよ先だってのこと踏切でふとおばあさんとおじいさんが

九月の True Colors そうぼくはわが身を護れずに夏を終え

なしくずす　身を護るのが億劫で鏡の裏に置くピルケース

夏はゆき空から一輪吊るされしシーレの向日葵有刺の鉄線

ゴッホの黄それはゴッホが見た夢の指紋の渦の取れない汚れ

法師蟬ややおさまりて手のひらの生命線の落ち着きはじむ

十月の A Day in the Life 点描の落ち葉の中に滲んでしまう

少し老いいつかどこかですれ違った人ばかりいる肌寒きカフェ

無造作にスカーフ巻けばエリザベスしたる小犬と二度出会いけり

一段飛ばしで駆け上がる少年のうしろ姿をしていたころは

陽だまりの公園のベンチ暖かくぼくを覚えているぼくに会う

十一月の Nacht Musik 優しさも酷たらしさも歌われて、ある

髪の山眼鏡は雪崩れ義歯の山靴の山から狼煙があがる

あの腕もあの鳩尾も陰茎もぼくにつらなるすべての隠喩

あの人はぼくかもしれずぼくはまたガス室に立つ志願兵かも

水晶の割られた夜の死と未来こどもたちと見る躓きの石

十二月の imagine「想像してごらん」命令形じゃなくぼくらはいる

やわらかに命令形を持たぬゆえ独りぼっちを超えてゆく声

何かが崩れはじめる背後より鎚打つような冬の雨　来る

「ジョニーは戦場へ行った」

雪は降るジョニーは来ない来られない「あなたが望めば戦争は終わる」

国境はさらさらと消え英雄をたれも恃まず冬は眠れよ

III

## 暗い日曜日

一

さんざんな日々の始まり新しい靴を下ろさず見るニュース

亡霊が騒めいてるよ窓を閉め湿気ったクッキー紅茶に浸けて

気を付けて火事場泥棒がいるからねカナリアの声も盗んだ奴さ

たれかが回す回覧板阿部薫の「暗い日曜日」を聴いている

聖なる火あまねく征きて陋巷の千の扉が閉じられてゆく

ベッドから洗面所まで何マイル歩数アプリは十歩を示す

鼻歌を歌う癖などこのぼくになかったものを薬缶をみがき

古書店のネットで求めし詩画集にかすかに残る煙草のにおい

あるものはあるべきところにおさまりてやがて始まる叛乱のあり

二

降る雪もマスクもゆるく溶けてゆくきみもどこかで息を継ぎたす

疫病と耳を削ぐ雪、降ってくる高層ビルのねむらぬヒカリ

そむけつつ交わす言葉はくぐもりてはつか聞こえる舌打ちの音

匿名は正義の味方かそういえば「どこの誰だか知らないけれど」

マウントは心がとろけ歓喜する甘いケーキの誘惑に似て

匿名でマウントを取る愉悦から逃れられない孤独の正義

さびしさとタッグを組んで泣かないで強い子でいなきゃとママが言う

ポイントで買える未来のしあわせが期限切れになりにけるかも

監視カメラに上書きされるぼくたちの身の潔白はいつかのどこか

# 根絶やしのアリの巣コロリさりげない最終的解決のはじまり

## 公園のブックエンド

### 一

風孕むカーテンを人差し指で押し返すとき世界は弱い

「人相が悪くなったわね」きみが言う朝のあいさつ　そうかもしれず

皮膚一枚肉骨腸《わた》と保ちつつあの人もこの人も公園へ

理由なき反抗もあり段差なき躓きもあり道は落葉

スフィンクスの問いがあったねなるほどね三本足になって候

風は舞い三十一文字は煽られて言葉散り散りはや神無月

テラスではもう寒くなり珈琲を飲む背も曲がり物の怪じみて

ブックエンドのように

十四で聴いたS&G、今 Old Friends の歌詞を生きている

二

空たかく安閑として人生のニス剝げたまま公園の椅子

昼下がり陽だまりのなか老いはじめ光る和毛をぼくは見いだす

空の落とし物のように鳥がおり噴水は疫病で止まったまま

公園は所在なげな人ばかり一人が鳩を毟りはじめる

悪しざまに責める人いて憑依する愉悦であると耳をふさぎぬ

たとえば鎖骨、湛えた水が大声に震えているそんな強迫

颯爽とウッドベースを押してゆく公孫樹並木の背筋の女

クラリネットを吹く老女あり誰そ彼に俯きて聴くステンカ・ラージン

三

胸に鳥、抱きしめる思いそのままにやがて人間《じんかん》に紛れてしまう

流れゆく人波を見るぼくもまた人波になり陸橋が残る

嬉々として雨に打たれた日々がありやがて白夜が来たりて明けず

夏の薄き胸板もまた水弾く肌も逆光の記憶のなかに

老いてなお言葉をおぼえ帰途につく立ちどまるのが涙としても

田村隆一「帰途」

落寞の

怠惰な空のどこかできみがこのぼくを思い出しおり陽の射しはじむ

陽だまりに恥をさらしたたましいがよろこんでいるやすらいでいる

もういいよ、暖かいまま投了にならないものか濁った眼を閉じ

公園に小山があったねぼくは今そこのてっぺんに立っているみたい

少年がキャッチボールをするああそうだぼくはずっと眺めていた少年

思い出がフィルムのように傷みだしさよならの日に降りしさみどり

きみを待つ陸橋だけが残りおり警笛ひとつ地下へ消えゆく

ああ、あれが別れであったか点滴がやけにひかって落ちていったっけ

さらに老い強制浄化の引き金とそして始まる命の泉《レーベンスボルン》

ファシズムと老後が一緒に来るなんてＴ４の陽だまりで待っている

真っ直ぐにクレーンの首のびてゆき天のしずくにやがて霞んで

何てことじぶんの重さで死ぬなんて残虐だけを国の守護とし

さっさとぼくを吊るしてしまえ文明の銛に打たれし鯨のように

空を刺しやがては首を折るクレーン人みな黙《もだ》し家路につきぬ

夕餉の灯りひそひそ話が始まるよ、あした誰かが召集される

空嘔き　わが落寞のむこうまで胃だか肝だか抱えてゆくよ

垂直にワイヤーロープ垂れておりひと言も言わぬ了の字に似る

# 歌集 Sad Song 栞


田中知之
松野志保
藤原龍一郎



皓星社

# 「窪田先輩、センス良すぎ」

田中知之

　私がまだ音楽家の端くれでもなかった今から30年以上前、ひょんなきっかけで在阪の出版社が発行する女性向け情報誌の編集部で働くこととなった。そこにフリーの編集者として在籍されていたのが窪田さんだった。午後、酒臭いまま編集部にやってきては、ハイライトを終始燻らせ、背中を丸めて原稿用紙に向かうその姿は、女性が主体の編集部内では、ある種異様だったが、私は彼をとても慕っていたように記憶している。仕事と関係ないマニアックな音楽の話ができる唯一の先輩だったという理由もあるけれど、物事に対してとても優しい眼差しを持った人だったからだ。

　その後、私は音楽家の道を選び、編集部を辞し、拠点を東京に移した。それからSNS上で再会するまでの20年余りの彼の波乱の人生を、第一歌集『汀の時』に眼を通すまでは知る由もなかった。アルコール依存症に始まり胸椎硬膜外血腫、真性多血症などなど、数々の病の苦しみの代償として、神から与えられたのか、気付かされたのか、とにかく、人生のロスタイムに差し掛かってからの歌人としての開花は、まるで悪魔に魂（と命）と引き換えに、素晴らしいギターのテクニックを授かったロバート・ジョンソンの伝説のように思える。

叱責の夕べの言葉ざっくりと半解凍の肉切るごとく
寝るまえにあしたの朝をととのえる抗癌剤はピンクとミドリ

音楽制作は美しいと思うパーツを一生懸命作ったり集めたりして構築していく作業である。一方、窪田（以下敬称略）の短歌は、誰もが美や価値を見い出すことなど諦めてしまうようなシチュエーションや瞬間から、見事に画角を定めて切り出し、醜怪な部分を取り除いたり、暈したり、時にクローズアップして魅せるのだ。優れたドキュメンタリー写真のように。そこには、被写体ならぬ被詠体（それは窪田自身だったりもするのだが）へ向けられる優しい眼差しを感じる。そう、その昔私が慕ったあの眼差し。

そしてウクライナの戦争が起こる……

たれひとり漏れることなく点呼されやがてひと山の匿名となる

連綿と死は続きたりずっしりと遺骸のような濡れた朝刊
命じられ撃つかもしれぬ、撃つだろう弱き者ほど弱き者撃つ

テレビニュースや新聞記事を媒介として、窪田の心は戦場へ向かった。現在進行形の戦場のみならず、時空を超え、古今東西、不幸にも戦争と関わってしまった者達を次々と自らに憑依させるかのごとく、様々な視点でもって詠われる反戦歌は、静謐な讃美歌のようだ。ただし、メッセージは強固で揺るぎない。

マイウェイ歌っていたよねＯＤでさっさと逝っちまったシド・ビシャスさえ
六月の Undercurrent 死者たちも名を呼ばれまた息継ぎをする
七月の Over the Rainbow 消えてゆくものだけが歌になるのよ

亡くなった教授（坂本龍一）の最期のプレイリストが話題になったが、我々壮年の音楽家にとって、自らの告別式で流すプレイリストを予め準備し、その選曲の純度を上げる作業は人生の大きなミッションのひとつだ。先の第一歌集が窪田の遺言だったとすると、当第二歌集は自らのそう遠く

ない死へのレクイエムだろう。歌集のタイトルにもなった第Ⅱ章は、各月の歌、五首の頭に思い入れの曲を配置するという仕掛け。まさにこれこそが窪田が自分の葬儀で流して欲しい曲を並べたプレイリストではないか。しかし、おしなべて禁欲的な作風の中で、文字数を無視して奔放にアルファベットやカタカナを多用した曲名などの羅列を訝しく思われる方がいるかもしれない。なので、ここは音楽を生業とする私が褒めておく必要があるだろう。「窪田先輩、センス良すぎ。しかもその趣味の多種多様さよ」

梔子の自傷してゆく白を過ぐケルンコンサートを聴きながら
終活のひとつにせんとS席のキース・ジャレットをいちまい求む（『汀の時』より）

第Ⅱ章以外や第一歌集でも散見されるこの手法、ヒップホップ以降の音楽制作における「サンプリング」（過去の音源を自身の楽曲の一部として流用する手法）と同様の効果を齎している。歌に詠み込まれた曲名やアーチスト名からは、メロディや音色、レコードジャケットのデザインはもちろん、時代、空気、匂いまでもが読者の頭の中で再現され、窪田の言葉と見事にミックスされ、その世界を形成する。ちなみに、「ケルンコンサート」という世紀の名盤を残し、窪田が終活のつもりでコンサートに訪れたキース・ジャレットも脳卒中を発症し今は演奏が難しいという。人生はかくも儚いものだ。

羊水に抱かれしのちの日々を終えしずかに崩る水の柩に

私がこの原稿依頼の電話を受けたのは羽田空港のロビーに差し掛かった所であった。電話を切ったのはチェック・イン・カウンター前の少し広いスペース。iPhoneをポケットに仕舞った瞬間、不意に歌が聴こえてきた。それは、初老の男性がフロアの端に佇み、右手に持った携帯電話を口元まで掲げ、誰かの為に唄う「ハッピー・バースデー」だった。通り過ぎる我々の視線など一切意に介さず一生懸命唄うその姿と歌声に、なぜかとても感動してしまった。この歌集の誕生を祝って選曲するなら、下手くそだったけど、奇跡のようにグッド・タイミングだったあの「ハッピー・バースデー」以上のものを思いつかない。

（たなか・ともゆき／音楽家（ＦＰＭ））

# 生の側に留まった者のまなざし

松野志保

オーロラを一度は見んと死の淵へ降りてゆきたる花冷えの夜

歌集『Sad Song』はこの一首から始まる。オーロラを見たければ普通は北欧かアラスカに行くだろう。しかし作者は死の淵に降りていくことで、今生に一度のオーロラを見たという。生死の狭間で夜桜の上に揺らめく光のイメージが鮮やかだ。この、死を身近に感じつつ想像の翼を羽ばたかせるという姿勢は歌集全体を通して一貫している。

二〇一七年に刊行された第一歌集『汀の時』もアルコール依存症や骨髄増殖性腫瘍を経験し、此岸と彼岸の境に立って編まれた歌集だった。それから六年、『Sad Song』には「他者の死」がさまざまな形で登場する。

「やることがある」それを最後の言葉としきみの写真はほほ笑んでおり

初めてのなにかが足りぬ夏がきて習作《エチュード》のはや季語となりけり

長年の友人の死に際して詠まれた挽歌だ。ちょうど何かを成し遂げたところで亡くなる人も稀にはいるが、多くの場合、死とは容赦のない中断であることをこれらの歌は突きつけてくる。同時にそのような人生の終わり方を静かに許容しているようでもある。

さらにロシアのウクライナ侵攻やコロナ禍に直面して作られた歌からは、理不尽かつ無差別にもたらされる死に対する怒りと悲しみが滲む。

「あの人はここで撃たれた」自転車の残されたまま春の雪ふる

焼け落ちた住宅群をそこに見る府営団地を過ぎ酢を買いに

みいちゃんも歩きはじめてこの春の表《おんも》はたれも通らぬ通り

降る雪もマスクもゆるく溶けてゆくきみもどこかで息を継ぎたす

ずっと死と隣り合わせて生きてきたからこその、「自分より先に死ななくてもよかったはずだ」あるいは「自分のほうが先に死ぬはずだったのに」という思いが伝わってくる。

生きながらえている日々を慰めるように、歌集の中では表題となった「Sad Song」を含めてしばしば音楽が鳴り響いている。

八月の Epitaph までを歩きおりわが身を護る水飲みながら

Epitaph はプログレッシヴ・ロック・バンド、キング・クリムゾンの代表曲のひとつで「墓碑銘」を意味する。八月は終戦記念日とお盆があり、死者を近しく感じる季節だ。「わが身を護る水」という認識が印象的で、死と生を分けるのはささいなものであることが水のように染み入ってくる。

梔子の自傷してゆく白を過ぐケルンコンサートを聴きながら

梔子の花が盛りを過ぎて茶色くなっていく様子を表した「自傷してゆく白」が美しい。「ケルンコンサート」はジャズピアニスト、キース・ジャレットのアルバム。完全な即興演奏だった伝説的コンサートの張りつめた一回性が、花の命の危うさと響きあっている。
自身の無力を見つめた歌や、日々の何気ない一場面を切り取った歌にも印象深いものが多い。

怒りもて振り上げしのちふと気づく拳の中に何もなきこと
こんなにも喉が渇いているというのにぼくはまた水をこぼして
陽だまりの公園のベンチ暖かくぼくを覚えているぼくに会う
「驟雨」という言葉おぼえし詩歌集も書架に眠れり終日の雨

どの歌からも深い孤独が感じられ、さらにはその孤独を抱きしめ、添い遂げようとしているかのようにも見える。
最後に特に心に残った歌を挙げていきたい。

船がゆく飛行機がゆくぼくの眼を水平に過ぎる不帰の人たち
ようようになしおえしことはらはらとさくらのごとくよごれゆきたり
胸に鳥、抱きしめる思いそのままにやがて人間《じんかん》に紛れてしまう

おそらく作者の内には憤りや嘆きが渦巻いているのだが、ここでは激情を越えて静謐な境地にた

どり着いているようだ。

青あじさいひと世の花と思うとき酸性雨降る未来の方へ

詠われている未来図は決して明るいものではないのに、青いあじさいを濡らす雨はあくまでやさしく、一首の佇まいは穏やかで祈りに満ちている。

羊水に抱かれしのちの日々を終えしずかに崩る水の柩に

羊水に抱かれていた胎児の時期を経てこの世に生まれ、やがて老い、水中の柩に葬られる死後へ、時間はとどまることなく流れてゆく。死に限りなく接近しながらも生の側に留まった者の透徹したまなざし。そこから生まれた数々の歌が第二歌集としてまとめられたことを喜びたいと思う。

（まつの・しほ／歌人）

# 想像してごらん

藤原龍一郎

同世代的共感という感傷に安易に流されるのはよくないとは思うが、ものごころついてから社会に出るまでの時代に、同じような肉体的、精神的経験を積み重ねたということは大きな要素だと思う。文学や音楽や映画や、精神形成のための刺激としてのカルチャー体験、それが共通していることは、何十年経ってからも、一種の同志的共感として響き合う。

巻末にあえて付されたSad Song 十二曲の解説は、そのもっとも端的な要素である。窪田政男や私の世代にとって、洋楽というものは、感受性を開花させるための、またとない刺激であった。The Sounds of Silence に始まり、imagine に終わる十二曲は、私にとっても、Sad Song であったと言える。世代的な音楽的な体験の萌芽の頃、ビートルズはまだ健在であり、ラジオのリクエスト番組では、洋楽と邦楽が混在して流されていた。日本の音楽シーンでは荒井由実やサザンオールスターズが、登場する前夜であった。

この歌集の第Ⅱ章を占める「Sad Song」は、一月から十二月までにちなんだ洋楽名を詠み込んだ歌を含む五首×十二か月、合計六十首で構成されている。

　五月の Those Were the Days あのころは光りに満ちて凱歌のひびき
　笑い声は遠いところから、ああ、あれは確かにあった日々のほころび

五月の五首から二首を引いた。Those Were the Days は洋盤のオリジナルはメリー・ホプキンが歌い、日本では「悲しき天使」の題名で森山良子が歌っていた。窪田政男の短歌を音読することで、私の耳の底には Those Were the Days のメロディーがよみがえってくる。それが共通体験の共鳴ということだ。

この歌集の作品は、私にとって、様々な位相での共鳴、共振を生じさせてくれる。

　愛国を超えてゆきたしその愛の抱えていたる青空と小麦
　侵略は明日のわが身か　銃口をどちらへ向けるぼくの恐怖よ
　徴兵のあまねくあれば老いぼれのレジスタンスか愛だけ問えば

ウクライナ侵略戦争をモチーフとした「手はどこで」一連の作品。思いもかけなかった戦争の恐怖をリアルに自分自身に引き付けて表現している。被害者としてだけではなく、加害者になるかもしれない自分への想像力。

「背後に銃わが手にも銃、目の前には買い物へ出かける市民たち」、「命じられ撃つかもしれぬ、撃つだろう弱き者ほど弱き者撃つ」といった作品が続いている。こういう視点の在り方は信頼できる。私たちは強くない。この思いはくり返し詠われる。

ヒトラーと写真撮りたき紅顔の少年とぼく分かつものなく
そうなんだたれも否定はできゃしないそれはぼくにもありえた光景

連作形式の作品が多いのだが、その枠にとらわれずに、思いが響き合う歌をあげてみる。

ベッドから洗面所まで何マイル歩数アプリは十歩を示す
ポイントで買える未来のしあわせが期限切れになりにけるかも
理由なき反抗もあり段差なき躓きもあり道は落葉

三首とも老いの自覚の歌なのだろう。自虐的なユーモアは洗練されているが、その底には「こんなはずではなかった」との苦みが疼いているように思える。精神の芯にある自恃の思いは譲れないが、肉体の摩耗がそれを裏切っていく。どうしようもないことではあるが、やはり「こんなはずではなかった」との痛恨がエコーのように響きわたる。

ファシズムと老後が一緒に来るなんてT4の陽だまりで待っている
垂直にワイヤーロープ垂れておりひと言も言わぬ了の字に似る
落下する夢を見ることなくなりて穏やかな坂くだり続ける

あえて青臭いことを言えば、窪田政男や私がThose Were the Daysに抱いていた夢や理想や連帯意識や権力への反逆の思いは何処へ行ってしまったのか?「こんなはずではなかった」との思いは、窪田政男や私の世代の者たちにとって、共通の痛恨ではないか。
もう一度、「Sad Song」の連作から、作品を引用してみる。

十二月の imagine「想像してごらん」命令形じゃなくぼくらはいる
雪は降るジョニーは来ない来られない「あなたが望めば戦争は終わる」

imagine の優しい想像力は、ついには無力であったのか。戦場へ行ったジョニー、戦争で四肢を喪ったジョニーが望んでも、戦争は終らないのか。ウクライナでは、数限りないジョニーが今日も恐怖と苦痛に呻吟しているのではないのか。

こんな時代ではあるけれど、もう一度、想像してごらんと、この歌集は静かに示唆してくれている。こんなはずではなかったけれど、まだ、手遅れではないはずだと。

（ふじわら・りゅういちろう／歌人）

遠吠えを聴かなくなりし冬空の月きわまるとはいつの言葉か

# IV

## 千の習作《ミル・エチュード》

二〇一八年七月、長年の友人だった松尾達博君が亡くなった。五十七歳。亡くなる直前まで絵を描き続けた。通夜に行くと、そこには激痛に耐えて描いた〝習作〟が飾られていた。死を前にしてなぜ「千の習作」だったのか。

### 一

はにかみはきみの思想か夕暮れを差し出すように言葉を鎮め

くちぐせの「おれは好きやで」頑なな主張にあらず飲み干すジンは

ハイライト、ハンチング帽、ジンロック、ふらふら路地へ消えてしまえり

酔っぱらい行方不明の大男どこで泣くのか電源を切り

病魔は突然やってきてぼちぼちと頷ききみはよいしょと立って

生命の地図を描いてはにかんで死を超えるための千の習作《ミル・エチュード》

痛み止め打ちつつ描く幾枚の画布のなか立ちあがる命よ

花々はくりかえされる命なり裏切りのなききみの筆跡《ふであと》

波を打つ命の束にさらにまた色を重ねる　うねっておるよ

画布《カンバス》に万古の細胞ゆれており世界はやがてきみに目覚める

二

ドゥルース、ニーチェが並ぶ書架を見る哲学を語るきみを知らずに

きみのいないアトリエに埃が積もるライヒとグールドの上にも

何者かにならずにいるのもむずかしく肩書のなききみはうるわし

「やることがある」それを最後の言葉としきみの写真はほほ笑んでおり

初めてのなにかが足りぬ夏がきて習作《エチュード》のはや季語となりけり

眼をやればいつもの通りにきみがいた　もういないのか夜を出てゆく

ポーチュラカはふかい息する

ポーチュラカ指に零るる花殻の死と再生の八月を過ぐ

花殻を惜しむこころを押し殺し剪定鋏に錆びの重たさ

赤錆びたふらここのこえ秋がくる中原中也を濁音にして

鍬鞭のヌスビトハギに埋もれおりここからさきは気配なき土地

埋もれたる記憶の淵へ降りてゆく螺旋に連なるひまわりの種子

ひまわりはあのひまわりと空の青おとこもおんなもすれちがいけり

すれちがいやがては老いぬ黄昏に言葉は生まれふかい息する

## 八月の臓器とサーカス

浜辺には月が出でまし潮風に騒ぐテントよサーカスよ来よ

そのむかしお国のための父がおりその臓器誰がためにはたらく

昨年来痛む鳩尾それぞれの臓器にそれぞれ事情がありて

この痛みなんと喩える太陽が惑星連れて胃に沈みくる

背中には深き海溝カリエスに浸蝕されし父のあばらよ

生きおれば不要な臓《わた》も出でまする少しの不便は覚悟めされよ

二〇〇三年四月七日鉄腕アトム誕生

昭和しか知らずに逝きし友のあり来年二十歳の鉄腕アトム

若き医師、よく考えてと言うけれど眠りのうちに臓器ひとつを

牡蠣の身のちゅるんと喉を抜けるよに出てきてくれまいか臓物よ

張り終えしテントの爆ぜて真夏日の不機嫌な眼をした獣たち

旱天に万物は灼け蟻、蟻がぼくの腑《はらわた》はこんでゆきぬ

八月の臓器くたびれ黄昏れにヴィオラの音色調弦に入《い》る

アフタヌーン水だし緑茶冷たきにカシュカシャンのエレジーを聴く

眼を瞑り指ゆるやかに逞しく弓で弾かるる空洞の地球《テラ》

雷雨去りおさないぼくは蚊帳の中まっさらな臓器かかえて眠る

かかえたる臓器は太りよく眠る子どものこぶし固くなりゆく

生きるためいのちの澱が生まれくるたれかは溢れたれかは足りず

白血球赤血球血小板過剰にありてヘモグロビンの減少す

なにもかも満ちてはゆかず空気さえ届かぬ肺の笊の寞しさ

風立ちぬ蟻はどこから翳りしか空っぽの蟬の軽々転がる

晩夏《おそなつ》の疲れた臓器お粥より三角《みすみ》みづ紀のやさしく沁みて

見るだろう驟雨のあとのさよならをしずかにひかる夏のいのちを

象がいた悲しみもいたサーカスはふらここ残し役目を終える

息切れの八月の尽き煙草吸う老いたピエロがまず鼻を挽ぐ

蜩のまるいちにちを鳴きつづけ休まずにくるこの世の終わり

なしくずす夏を終えんと鞍の上にオオミズアオの身じろぎもせず

摘む指を噛んでもいいかマニュキュアが莟のように弾んでおるを

ポーチュラカ花殻摘みて葬列の色とりどりに九月にはいる

うつむかぬ九月になれよあふれだすルドンの花を大きくかかえ

暮れゆきのようよう早く蟬どもも命に代えて鳴かなくなりぬ

ピンクとミドリ

一

麻酔より意識がもどる　耐えがたき重力のあり悲しくなりぬ

重力の時計が落とす点滴のひかりの粒子ときに遅くて

痛むとき「痛い」と漏れるそのせつな半音狂う自動ピアノは

留置針　ひだりの肘にひと筋のグラジオラス咲き夏が去りゆく

暗渠にも水の流れる音を聴くぼくのからだで何かがすすむ

流れたろう春のさくらも暗渠へと夜に眠れる血にもまた花

選択のひとつに足さん安楽死勝手にしやがったジャン＝リュック・ゴダール

逝くのだよ役者のように稽古終え台詞のすべては祈りをまとい

二

曇る日々、なにをするのも面倒で冷めた焙じ茶よごれた眼鏡

シクラメン翳りをおびる昼さがり思い出せない言葉が増える

忘れたる言葉いくつかメモをするところで砂糖は何杯だったか

ひまわりが思い浮かぶも出てこないイタイ男でマルチェロ何とか

寝るまえにあしたの朝をととのえる抗癌剤はピンクとミドリ

生存率七割の十年を過ぎ「あと十年」と主治医が言うねん

窓際にアンスリウム据え逆光のハートの影の幻燈を見る

あと十年てかんにんしてぇなけっこう気ぃ疲れとって、半分かなあ

長い夜は家系をたどる父の名を母の名を書き不明に至る

料理は見よう見まねの母のまね手が記憶する欠けた系図を

湿り気を帯びた空虚が好きなんだ椎茸にすっと包丁を入れる

命日を忘れてしまう　マフラーに風が吹きこむ年の瀬だったね

短日の行き着くところ極夜にてすべての言葉が黄泉へと逃げる

シクラメン売れ残りたる店先の雪ふらずともほのかに明かし

# V

たれも憎まず

一

わすれもの　ひかりのみちる冬の空さらさら鳥は風にながされ

真冬日とニュースが告げるざっくりのセーター選ぶ瀉血のために

ぼくの血は献げるに適さずどろり　どろり溢れて捨て去るだけの

マフラーをくれた女《ひと》を思い出す今年の冬はたれも憎まず

思い出は舌下錠のごと蕩けだし甘く切なく改竄されて

はっぴいえんど「春らんまん」

きみといるパジャマのままのサンルーム「向ふを行くのはお春じゃなゐか」

二月尽こんなに春を待つなんて洗った髪をそのままにして

首筋にふと手をやれば何かその羽虫のようなものおり　潰れる

二

菜種梅雨明けて青空もういちど春から始まる暦を編んで

目の前に器用に組まれた脚のあり眠たき女は楽譜を閉じる

春眠の背中重たき車内にてまどろみゆくは遠い日々なり

ぼんやりときみを見ている輪郭が世界にとけてもう戻れない

約束を果たせぬままにパプリカのうとましきほど艶やかに立つ

約束はスライスにしてレンチンのポテトサラダに混ぜてしまえり

歌わずに春過ぐる鳥それぞれの理由をもちて向きのさまざま

燃えながら落ちてくるのよ諦めの目をした幾羽もの鴉たち

カタコトの鳥語を話し野をゆけば何とかなると思えてくるの

水無月の小舟

一

十年を遅れてきたる人生に死者たちの歌あり無言あり

反戦を唱える人の真っ当が狂い咲きのよう取り沙汰されて

先人とともにあること静かなり片隅で読む本と珈琲

ゆきゆきてもう戻らないたれしもが思い出になるように陽が没《い》る

落下する夢を見ることなくなりて穏やかな坂くだり続ける

空ひくくその重たさにつばくらもぼくの足元ぐんっと廻りぬ

水無月に猛暑日ありてぐしゃぐしゃとペットボトルが捻られてゆく

きょうもまた重たい重いと嘆いては靴のかかとを踏み踏み出かけ

野良犬を見ることもなしちかごろは雨に打たれるほどの恋もなし

梅雨空の雲の重たく首すくめ堂島浜のケーキ屋を過ぐ

梔子の自傷してゆく白を過ぐケルンコンサートを聴きながら

出かけずに梅雨の板の間きみと見るタルコフスキーのノスタルジアを

そしてまたジョンとヨーコをまねてみてベッド・インしながら花など持って

水無月の小舟とならん紫陽花を巡る追慕に沈むとしても

二

スマホ越しきみの部屋のカーテンは半分ひらいて向こうには雨

六月の雨は止まないスマホなど知らずにきみは逝きにき、これは夢

雨は降りチョコをはさんだクラッカーの音やわらかくきみを見ている

その音をきみもひとりでいるときに思い出すだろうと聴いている

遠くから見ているだけの前髪のさくりとゆれてどこかためらう

ひかりはきみにためらい雨粒はとどまりやがていっきに落ちる

塩味が少しだけ効いたクラッカーって子どもっぽいの大人びてるの

きみは応えず紅茶をふくむ窓ガラスすこし濡れてる六月の雨

便利さがぼくを蝕むきみはまだ十円玉を握りレポに立つ

六月にいずれはぼくも濡れるだろう iPhone 片手に握りしめて

青あじさいひと世の花と思うとき酸性雨降る未来の方へ

## すべては水に還る

### 一

水すくう祈りのような指さきもあやうく　酔いはいよよ狂おし

そうそう、酒をやめたとき手ばかり見ていたこれからどうするのか

この指はなにも掬《むす》べぬあなたからただあなたへと流れるひかり

あやうさがすべてだったあの頃はぼく指紋もなくてのっぺらぼうで

井戸の中で暮らしてたのよこの人は酒をやめたら退屈だってね

もういちど言葉に出会いクンと突く水の匂いを思い出したって

水無月のプールに水を張る音が聞こえてきたり鬱の晴れ間に

張り終えし水の鎮まる夕どきに遠く聞こえるアンビュランスが

トラコーマ失明恐れる少年は瞼のむこうへ泳ぎつづける

いまは六月、消毒のかすかに匂い眠りつづける眼帯白し

「驟雨」という言葉おぼえし詩歌集も書架に眠れり終日の雨

水無月のにおいの青く手さぐりの言葉はこぼれいちにちが尽き

二

薄紅のあじさいの萼貼られたる葉書は濡れて名前も滲み

おもてうら小さな文字の地図のよう手製の葉書は半分読めぬ

手漉き紙の葉書は重く乾かせばどこか杏の匂いをはこぶ

「届きましたよ」と書く返事ことさらに言うべきものなき長雨の日

このままでは迷子になるわと絵葉書に雨靴のクリストファー・ロビン

迷子には子どもがなるの手をつなぐ手と世界とが見つからないの

雨だれに手を差しだして無痛点さがしておりぬツノダセヤリダセ

目を閉じると聴こえてくるよ雨音にまぎれて軋む血のだくだくが

十年来血の多くなる病にて果てなきエッシャーの滝の循環

多血症造りすぎては捨てにゆく商売下手の生きざまなるよ

無駄とは付き合うものさ意味の笛吹く哲人も老いてしまえり

若き日をともに過ごした眼と耳があなたに触れずからだが饐える

頭からシャワーを浴びる無防備のしあわせの温もりと虚しさと

沈みたる思い泥濘み足をとり膝にからまり流れていかず

バスタブに張りし湯ぬるく鳩尾にせりあがりくる嗚咽と笑い

その夜は湯船にもぐり膝を抱くエウレカエウレカ見つけておくれ

わが身抱くしぐさは遠い水生の生きものならん胎児のように

羊水に抱かれしのちの日々を終えしずかに崩る水の柩に

# Sad Song　曲のことの次第

## The Sounds of Silence

１９６４年サイモン&ガーファンクルが発表した楽曲。発売当時はまったくヒットしなかった。１９６７年になって映画「卒業」（日本では１９６８年公開）のサウンドトラックとして有名になるが、ぼくはリアルタイムでは見ていない。１９７０年を過ぎて、名画座２本立てのうちの１本だったのではないか。深夜ラジオから流れてくると、なぜか布団を頭の上まで持ち上げたものだった。

## Wish You Were Here

イギリスのプログレッシヴ・ロックバンド、ピンク・フロイドが１９７５年に発表したアルバム、また同名曲。前作のアルバム「The Dark Side Of The Moon（邦題：狂気）」が驚異の売り上げを記録したため、次作がどのようになるか、ぼくはとても心配した。しかしWish You Were Here「あなたがここにいてほしい」は不安を一瞬にしてどこかに吹き飛ばしてしまう名アルバム・曲だった。ピンク・フロイドの解散後もギターのデビッド・ギルモアのコンサートでは重要な位置を占める曲になっている。

## La Mer

１９４６年シャルル・トレネが作詞作曲したシャンソン。世界中の歌手が歌うスタンダードナンバーとなり、今でも新しくカバー曲が録音され続けている。ぼくはＮＨＫが１９９７年に中井英夫の『虚無への供物』をテレビドラマ化した時に、奈々村久生役を演じた深津絵里がバー・アラビクで劇中歌として歌っていた姿がとても深く印象に残ったのだった。記憶は入り混じっているかもしれない。が、強引な言い方だが勘違いであってもそれが確信となって、これまで他の歌手が歌う声にもその深津絵里の幻想が混ざり込む。

## For All We Know

原曲を調べると1934年にモートン・ダウニーによってラジオ番組で歌われたとなっている。この曲をレパートリーに取り入れた歌手はほんとに多くって、アンドリュース・シスターズ、ジューン・クリスティ、ニーナ・シモン、アレサ・フランクリン、ビリー・ホリデイ、ダイナ・ワシントン、チェット・ベイカー、ナット・キング・コール、ドリス・デイ、ダニー・ハザウェイ、ベット・ミドラー、ロッド・スチュワートなどなど、枚挙にいとまがない。ぼくがこの短歌に引用するときにイメージしたのは、キース・ジャレットのピアノとチャーリー・ヘイデンのベースによるもの。アルバム「Jasmine」の1曲目に収められている。

## Those Were the Days

邦題「悲しき天使」。もともとはロシアの歌謡曲だったのを1968年にポール・マッカートニーが、メリー・ホプキンのデビュー曲としてプロデュースした。ビートルズの設立したレコード会社・アップルからで、たちまち世界的なヒットとなった。彼女はその時までは、成功を夢みる18歳のウェールズ地方のフォークシンガーだった。青春のひとときを懐かしく思い出し、肯定的に歌っている。ぼくは決して〝そうではなかった〟人たちの思いも込めた。詠うということは、詠われなかったことがダークマターとなり、それらに支えられることに他ならないからだ。

Undercurrent

これは曲名ではなくアルバムタイトル。ビル・エヴァンスのピアノとジム・ホールのギターで出来上がっている。１９６２年にニューヨークで録音されたもので、二人の天才プレーヤーが音でコンポジションアートのように阿吽の〝意志〟を通わせていく。ぼくはまずジャケットが気に入ったのだった。初めてそれを見たのは、大阪市北区、阪急東通りの奥にあった、今はなきレコード店「ＬＰコーナー」である。そのときの自分のため息が忘れられない。海に白いドレスの女性が沈んでいる、いや、漂っている。海底からのアングルで顔は見えないが、モノクロ写真のオフェーリアのようでもある。レコードのジャケット史上に残るだろう。

Over the Rainbow

１９３９年のミュージカル映画『オズの魔法使』でジュディ・ガーランドが歌った劇中歌「虹の彼方に」。説明は要らないと思う。「Somewhere over～」の始まりを耳にすると、ぼくは気もそぞろになる。また、エヴァ・キャシディがカバーした歌声も忘れられない。

Epitaph

プログレッシヴ・ロックという大宮殿を築き上げたロックバンド、キング・クリムゾンが１９６９年に発表したデビューアルバム「In The Court Of The Crimson King（邦題：クリムゾン・キングの宮殿）」のA面3曲目に収録された曲。ベース&ボーカル、グレッグ・レイクの声が甘く切なく「Confusion will be my epitaph＝混乱こそ我が墓碑銘」と歌い上げ、１９７０年代へ突入していくのだった。

True Colors

１９８６年、シンディ・ローパーが歌って2週間ビルボード1位を飾った曲。歌詞の最後に「True colors are beautiful / Like a rainbow」とあって「本当のあなたでいいの」と歌いかけるこの歌はＬＧＢＴ、人権運動にかかわる人たちにテーマ曲のように迎えられた。またぼくには、新しく独自の絵画に悩み、挑み続けた画家たちもTrue Colorsを求めていたように思えたのだった。

A Day in the Life

１９６７年に出されたビートルズのアルバム「Sgt.Pepper's Lonely Hearts Club Band」の最期を飾る曲。英語に堪能でないぼくは、最初のフレーズ「I read the news today, oh boy」と歌い出すジョン・レノンに思いを馳せて、架空の新聞記事をあれこれ考えてみたものだ。その姿はラウンジチェアと丸眼鏡と新聞とサイドテーブルに紅茶だ。平凡な日常が事件になってゆく怖さを感じたり、何ごともなく終わる一日のありがたさを思ったりする。

Nacht Musik

頭脳警察のパンタがソロ活動をしていた時期、１９８７年に出されたコンセプトアルバム「クリスタルナハト」に収められた曲。ナチズム、ホロコーストを描いたこのアルバムを通して、ぼくは「クリスタル・ナハト＝水晶の夜」というナチスによる反ユダヤ主義の虐殺・暴動を初めて知った。32歳、無知であったのだ。「Nacht Musik」はセレナーデとも夜曲とも訳されるが、ロックのハンマービートに乗り、とてつもなく切ない美しい曲である。

imagine

言わずとも知られたジョン・レノンの生んだ名曲であり「想像してごらん」という一つの心の在り方、ムーヴメント、祈り、拠り所など、その言葉の持つ影響はとてもひと言では言い尽くせない。１９７１年に同タイトルで発売されたアルバムのレコードを入れる紙袋には、盤に沿って丸く歌詞が印刷され（すべてアルファベットの小文字で、私＝Ｉもｉで、それはしずかな〝私〟であった。印刷ミスと思われる大文字のＩが一か所あるけれど）、紛失してしまったがライナーノーツには訳詞も付いていたように記憶している。それだけ日本盤の発売にあたっても歌詞の意味を重視したのだろう。すでにその訳詞の imagine は命令形でなく「優しい呼び掛け」であったように思う。遠い昔の曖昧な話であるが、ぼくの記憶違いでなければ未来永劫続く訳者の功績ではないか。

Sad Song 十二月付記

映画「ジョニーは戦場へ行った」１９７３年日本公開。第一次世界大戦へ出征したジョーは、砲撃を受けたことにより視覚、聴覚、嗅覚、言葉を失い、また壊疽した両腕、両脚もなくしてしまう。わずかに動く首と頭部でＳＯＳのモールス信号を送り続けるが……。

「あなたが望めば戦争は終わる」１９６９年のクリスマスシーズン、ジョン・レノンとオノ・ヨーコは反戦運動として世界の主要都市に「WAR IS OVER！ IF YOU WANT IT」というビルボードやポスターを掲げる。

# あとがき

本書は『汀の時』に続くぼくの第二歌集です。その間に六年の時間が流れ、身の回りの諸々が変ってゆきました。一番大きな変化は、ぼく自身が〝老い〟を感じるようになったことです。そして、病気でなかなか手間のかかる体になってきました。

第一歌集から変わったのは、そのような〝老い〟と〝メンテナンス〟が直接、間接を問わず歌に影響をもたらしているという点、そして、これまで内向きだったベクトルが、少しだけ外に向きだしたということです。世界に触れられるようになってきたと言っていいかもしれません。ところが、世界はトランプ的なるもの、新型コロナウイルスの感染拡大、ウクライナ戦争でがらりと変わってしまいました。触れようとした世界は確かめる術もなく、真偽不明のまま拡散してゆき、情報のシャットダウンだけがわが身を護る唯一の方法のように思われました。

アルコール依存症からの回復のため二〇〇五年にお酒を断ったぼくですが、その回復の方法論もシャットダウンでした。心を騒めかすものすべてに対し扉を閉ざす。喜怒哀楽を生じさせない。何年もそんな生活を心がけてきました。頑なな防衛戦だったわけですが、『汀の時』以降、少しずつ外に興味を向けても、飲酒欲求が湧かず心が安定しているようになってきていました。そんな時の新型コロナウイルスとウクライナ戦争だったんです。またシャットダウンは嫌だなあと、蝸牛が触角を出したり引っ込めたりするような時間が過ぎてゆきます。『Sad Song』を編んだのは、その触角が触れたものを纏めておこう、そういうことでした。

歌は、二〇一七年から二〇二三年上半期の歌誌「月光」に掲載されたものがほとんどで、他は短歌同人誌「カイエ」、短歌、俳句、自由詩のサイト「詩客」です。それから、編年体ではなく歌で小説を書くかのように編み直したので、編みながら新作を一首、二首と挟み込む必要がでてきたり、また新たな連作をつくって流れを加速させたり、湾処や中州をつくったり、というようなことをやりました。素数の三百六十七首が収められています。

最初は四百十首を超えていたのですが、月光の福島泰樹主宰、皓星社の晴山生菜さんの助言により、連作の括りを広げゆったり構えることにして、一方で歌を絞り込みました。そのことによって、ぼくの中で新たに立ち上がってくる物語がありました。あらためてお礼を申し上げます。また、気持ちよく「栞」を引き受けてくださった歌人の藤原龍一郎さんと松野志保さん、かつて雑誌社で机を共にしていた音楽家の田中知之さんに心より感謝いたします。そして何より、ここまでお読みくださった方々へ、ありがとうございました。

編集に費やしたほぼ半年のやすらぎは、常にキース・ジャレットの「The Melody At Night, With You」が与えてくれた。

二〇二三年水無月某日　　窪田政男

**窪田政男**（くぼた・まさお）

1955年生まれ
2006年　短歌を作りはじめる
2008年　「月光の会」（福島泰樹主宰）に入会
2015年　第三回黒田和美賞受賞
2017年　第一歌集『汀の時』刊行
2018年　第十一回日本一行詩大賞・新人賞受賞

月光叢書Ⅳ　Sad Song

---

2023年6月22日　初版第1刷発行

著　者　窪田政男
発行所　株式会社皓星社
発行者　晴山生菜
〒101-0051 東京都千代田区神田神保町 3-10
TEL 03-6272-9330
e-mail　book-order@libro-koseisha.co.jp
ホームページ　http://www.libro-koseisha.co.jp/

造本・組版　藤巻亮一
印刷・製本　精文堂印刷株式会社

落丁・乱丁本はお取替えいたします。定価は表紙に表示してあります。
ISBN 978-4-7744-0790-6 C0092